KB005292

가벼운 너무나 가벼운

가벼운 너무나 가벼운

펴낸날 2023년 11월 30일

지은이 문철수
펴낸이 김남권, 문철수 | **꾸민이** 최송아

펴낸곳 도서출판 달과계란 | **출판등록** 제 2022-000298 호
주소 서울시 마포구 양화로 59 화승리버스텔 505호(04037)
전화 010-2448-0112

제작 도서출판 밥북

© 문철수, 2023.
ISBN 979-11-982032-0-5 (03810)

※ 이 책은 재)강릉문화재단의 후원으로 발간되었습니다.

☾ P.S 디카시선 1

가벼운 너무나 가벼운

문철수

달과계란
The Moon & The Egg

가벼운 너무나 가벼운

변명

세상이 나에게 하는 말을 듣기보다
세상에 하고 싶은 말이 너무 많았다
듣는 귀를 가지고 있지 않은 나처럼
세상도
말하는 입만 가지고 있다는 걸 알기까지
오랜 시간을 허비했다.
그럼에도 이 무의미한 짓을 반복한다.
아무도 지우지 않은 짐을 벗고⋯.
이제, 시를 써야겠다

2023. 10. 20. 남대천에서
문철수

제
1
부

66 마음의 거리

가벼운 너무나 가벼운

거리

살다 보면 맑은 날도 있지만
흐린 날도 많아요

선명하지 않은 그런 날은
물리적 거리가 아니라
마음의 거리가 멀기 때문이라고
체념하곤 해요

가벼운 너무나 가벼운

흔적

다 떠나보냈어요
쉴 때가 된 거예요
폭풍우에도 견딜 수 있었던 이유들이
삶을 찾아 떠났어요
어때요?
구멍 난 삶의 흔적들
그대도 가지고 있지요?

가벼운 너무나 가벼운

우리

우리, 가끔은 벗고 만나요
거추장스러운 것 내려놓고 나니
홀가분해요

마음을 열어 바람의 길도 되고
몸을 열어 삶의 숨통도 틔어 봐요
봐요, 겨울 햇살도 쉬어가잖아요

가벼운 너무나 가벼운

자위

버려진다는 건
돈이 되지 않는다는 것이지
쓸모가 없다는 뜻은 아니에요
키워 준 땅으로 돌아가
거름이 되겠지요
그래요, 버려진다는 건
쓸모가 없다는 뜻은 아니지요

가벼운 너무나 가벼운

바다

잡아 두려 했어요
안간힘으로 버텼는데
소리도 없이 떠났네요
욕심이 과했나 봐요
잡을 수 없다는 걸 모를 리 없잖아요
나만 남았어요

가벼운 너무나 가벼운

갈증

포기할 수 없었어요
콘크리트 바닥, 갈증이 심했지만
한순간도 포기할 수 없었어요
물을 찾아 나서야지요
살아낼 수 없겠다는 두려움이 있었죠
그러나 조금씩 뿌리를 내리다 보니
이렇게 굵어졌어요

가벼운 너무나 가벼운

소원

어른들은 말했어요
새해 첫날 소원을 적어 날리면
이루어진다고요
하늘로 잘 날아가야 한댔어요
근데 파도치는 거 보세요
바람도 장난이 아니에요
미래는 어떻게 되는 거죠?

가벼운 너무나 가벼운

희망

견뎌야 하는 거지요
허리가 끊어질 것 같은데
몸속에도 벌레가 기어 다녀요
그래도 포기하면 안 되는 거지요?
1%만 살아있어도 산 것이라고
그대가 그랬잖아요

가벼운 너무나 가벼운

유언

한때는 맑은 물 속이었어요
지금은 뻘에 갇혀 의식조차 없고
숨을 쉴 수도 앞을 볼 수도 없네요
물의 소리가 아닌 땅의 울림이 느껴져요
더 이상 품을 수 없다고 하네요
내 얘기 듣긴 하시나요?

가벼운 너무나 가벼운

차별

다른 거지 틀린 게 아니라고 하지요
그러나 다르다는 이유로 차별을 하잖아요
속은 같은데 겉이 다른 걸
우리는 이제껏 틀리다고 했어요
똑바로 서 있는 거예요
휘었다고 말하지 마세요
원래라는 건 없어요

가벼운 너무나 가벼운

석양

지금 보이지 않지만
거기 있다는 걸 알아
마음의 반대편에 있다고
사라지는 건 아니라는 걸

가벼운 너무나 가벼운

주름

그저 밋밋했다면 어땠을까요

상처처럼 남은 저 골을 따라
흐르는 시간을
삶이라 하지요
이마의 굵게 패인 주름처럼

가벼운 너무나 가벼운

자존

수많은 눈동자가 꽂히지만
바람처럼 지나간다는 걸 알지요
의식할 필요 있나요
할 일 다 했으니 이제
볕을 즐길 시간일 뿐

가벼운 너무나 가벼운

부부

하나가 된다는 건
드러내는 것이 아닌
덜어내는 것이라는 걸
맞잡은 손 외에
네가 없는 곳으로 가지를
뻗어야 하는 것

제
2
부

" 시련의 깊이

가벼운 너무나 가벼운

시련

존재한다는 것은
유무형의 시련이 늘 따른다는 것
아름답다는 것은
그 시련의 깊이를 들여다보았다는 것

드러난 틈새마다 피어나는 시린 꽃

가벼운 너무나 가벼운

본분

목표는 없어요
그저 충실할 뿐이에요
한 잎 한 잎 피우다 보면
황무지 같은 노란 벽을
초록으로 덮기도 하겠지요
당신이 아름답게 느끼는 이유는
불가능하다고 생각했기 때문이에요

가벼운 너무나 가벼운

순간

자기야 우리
더 뜨거워질 수 있을까
저 발전소에서 만드는 전기처럼
더 짜릿해질 수 있을까
바다를 달구는 태양처럼
더 붉은 심장을 가질 수 있을까
피하지 마

가벼운 너무나 가벼운

연리

다른 시간들이 하나가 되고
다른 DNA가 하나가 된다는 건
하늘이 허락한 시간
어쩔 수 없이 부둥켜안고 보낸 겨울
부대끼며 생긴 상처로
결국 하나가 되잖아요

가벼운 너무나 가벼운

입장

시든 꽃이었으면 외면했겠지
못다 한 붉은 시간을 안고
목을 분지르고 떨어져
세상을 피로 물들이니 바라보겠지
각종 의미를 갖다 붙이며 설레겠지
나는 그저 아프고 아쉽기만 한데

가벼운 너무나 가벼운

여인

더 이상 기다리게 하지 말아요
겨울을 견디는 것은 쉽지 않아요
봄이 되면 사라질 거예요
나를 있게 하는 건 겨울
그런 나를 안을 수 있으려면

가벼운 너무나 가벼운

잉태

생명을 품는 중이에요
아름다움쯤이야
새로운 생명에게 비교할 수 있을까요?
오늘은 내일을 위한 거름일 뿐
찬란했던 시간은
기억에서조차 지워지겠지요

가벼운 너무나 가벼운

상처

글쎄요
나비가 되었을까요?

갉아먹는 소리를 들으면서도
내칠 수 없었어요
비바람이 상처를 스칠 때마다
너무 쓰라려요
아직 겨울은 오지도 않았잖아요

가벼운 너무나 가벼운

결정

결정하는 건
내가 아니에요
늘 여기 있지만
바다는 마음대로 오가며
섬으로 만들기도 하고
육지로 만들기도 해요

가벼운 너무나 가벼운

군집

그깟 수선화
그까짓 낡은 가옥이 무슨 대수예요
그러나 보세요
수없이 모여 한목소리를 내니
다르지 않나요?
세상을 바꿀 수 있잖아요

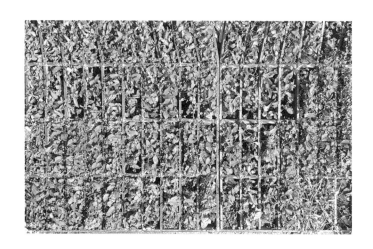

가벼운 너무나 가벼운

터전

어디면 어때요
터전이라는 게 따로 있나요
살아서 뿌리 내리고 꽃 피우면
그만이지요
당신이 따지는 그 조건 그 이유는
부족한 자존감의 다른 표현일 뿐
우린 지금 여기에서 풍성해요

가벼운 너무나 가벼운

의도

풍경이 되려면
의도가 없어야 해
온몸에 힘을 빼고
가능한 자연스럽게
나만의 세계로
빠져드는 것이지

가벼운 너무나 가벼운

갈대

한때는 기세등등했지요
뻣뻣한 허리와 날카로운 손짓을 무기로
구름 같은 꽃을 피우려 하는데
폭포 같은 물줄기가 덮쳤어요
버틸 수가 없더군요
허리를 꺾었지요
그렇게 버티고 있는 거예요

가벼운 너무나 가벼운

생명

더 아름다운 강을 만들기 위하여
다리에, 분수를 만들고 조명을 설치하나 봐요
예고도 없이 물을 빼는 바람에
길을 잃었어요
물론 수많은 목숨도 잃었지요
하찮은 우리 같은 것들쯤이야
누가 관심이나 가지겠어요

제
3
부

" 바람의 정면

가벼운 너무나 가벼운

아집

쉽게 비운다고 하지 마
다 비운 줄 알았는데
그새 바람이 들어앉았어
빠져나간 건 고정관념이길 바랐는데
아직 견고하고
내 안의 아집은 신음소리만 내지

가벼운 너무나 가벼운

풍력

구분할 수 없는 지경이었어요
세상은 한 번도 투명한 적 없지만
세상은 보이지 않는 곳에서도 쉬지 않는
누군가의 땀 때문에 돌아가는 거래요
드러내지 않아도 돼요
나를 드러나게 하는 건
곁에 있지 않아요

가벼운 너무나 가벼운

방향

바람이 불어와요
바람의 방향으로 머리를 둬야
깃털이 엉클어지지 않아요
바람의 정면을 응시해야
준비할 수 있어요

가벼운 너무나 가벼운

실업

한창때라고 하더만
졸고 있네요
도로 한 모퉁이 박제가 된다는 건
의지를 길거리에 내팽개치는
일

사는 것이 아니라 살아지는 거지요

가벼운 너무나 가벼운

낙엽

젖은 발밑이라고 추하지 않아
위만 바라보고 살아가는 동안
얼마나 힘들었니
젖은 바닥에 비친 흔들리는 모습이
현재 모습인 거야

가벼운 너무나 가벼운

위안

산다는 건
숨어있는 다른 삶을 파내는 일
죽임을 기쁜 마음으로 행하는
내가 살려고 너를
죽음으로 내모는
알아차리지 못하는 절망을 매일
반복하는 것
산다는 건 지독한 자기 위안을
당연하게 받아들여야 가능한
일

　　　　　　　　　　　　　　　　　가벼운 너무나 가벼운

망루

사람이 떠나간 바다
사람을 지키던 망루만
계절을 기다리고 있네요
늘 그랬지요
나만 남고,
나만 기다리고

가벼운 너무나 가벼운

형식

형식에 얽매이지 않으려고 해요
삶이 틀에 가둬지는 순간
숨이 막혀요
흔적이 모아지고 시간이 누적되면
무생물에서도 유채색의 향기를
볼 수 있어요

가벼운 너무나 가벼운

유수

어디서 왔냐고요?
글쎄요
속 다 빨리고 버려졌는데
무슨 의미가 있어요
그냥 흘러가는 세월 따라
떠도는 게지요
생각을 버려야 가능한
물 따라 바람 따라

가벼운 너무나 가벼운

폭설

이렇게라도 살아야 하는 게
삶이라고들 하네
이렇게 살아보지 않은 것들이
이런 것도 삶이라고들 하네
돌아갈 곳마저 보이지 않고
폭설 같은 시간은 멈추지 않는데

가벼운 너무나 가벼운

송정

바다가 없어서
나가지 못하는 게 아닌걸요
바람이 많아서
나서지 못하는 것도 아니에요
늘 준비되어 있지만
찾는 사람이 없어요
살을 에는 바람만 불어요
여름이 오긴 할까요?

용도

꼭 그래야만 하나요
아무렴 어때요
버려지지 않은 것만으로도
아직 어딘가에
쓸모가 있다는 것만으로
충분하잖아요
한데 가만히 보니 문도
비틀어졌어요

가벼운 너무나 가벼운

폐선

아니에요 버려진 거예요
배가 산으로 간다고요?
억지 부리지 마세요
버린 거잖아요
그럼에도 포기하지 않았어요
지독한 폭우가 내리면
다시 기회가 있을 거예요

가벼운 너무나 가벼운

편지

199번지 20
너무 선명해요
쌓여가는 세월과
도착하는 소식들은 탈색되었지만
기다림은
약속되지 않은 시간이구요
마냥 기다리고 있어요

가벼운 너무나 가벼운

정년

쉬고 있어요
아직 쓸만한 데 그만 쉬라네요
이렇게 잊혀지는 건 아니겠죠?
기운 다 빠지고 검버섯 피는데…
노는 것도 하루 이틀이지
이젠 잊혀질까 겁이 나요

가벼운 너무나 가벼운

가족

가족이라 불러요
가정인지는 모르겠어요
그러나 이 순간만큼은
아직 남은 빛을 따라
어둠 속을 걸어가고 있어요
지금 최선을 다하면 되는 거지요

가벼운 너무나 가벼운

핑계

망자의 것이라니요
결국 산 자를 위한 핑계지요
누군가는 망자의 혼이 다녀간 것이라고
못다 한 과거를 후회하면서도
돌아서면 여전히 현재에
최선을 다하지도 않는
시간만 후회하겠지요

가벼운 너무나 가벼운

시간

도둑을 막으려고 했어요
그만 세월이 넘어와 녹슬고 휘어
바람조차 막을 수 없다는 것을 알고서야
높아진 마음의 벽을
느낄 수 있었어요
지금이라도 열어야 하는데

아직 늦은 건 아니겠지요

가벼운 너무나 가벼운

자유

우린 익숙했지요
직선 정렬 틀 형식 복종
민주공화국에서 자유는 방임이라고
가두고 구속하고
다름을 인정하기보다 다루기 쉬운
똑같은 하나로 만들기 위한
억지 공포 강요 협박
산이 좀 무너지면 어때요